AF459108

L'ENTRE'E TRIOMPHANTE
DU
PERE GIRARD
JESUITE,
AUX ENFERS.

Suivie de ſon rétour ſur la Terre.

Les Ides d'Octobre 1731.

A ROME,

CHEZ LES FRERES GHERARDI,
AU COLLEGE DE LA SAPIENCE.

Avec Privilege de Sa Sainteté,

ET

L'Approbation de la Sainte Inquiſition.

AD MAJOREM SOCIETATIS GLORIAM.

AVERTISSEMENT.

LE Pere Girard, Jesuite, accusé de plusieurs Crimes énormes, détenu és Prisons d'Aix, a été jugé par une partie du Parlement de Provence le 10. d'Octobre 1731.

Il courut un bruit, qu'il avoit été condamné à être pendu, jetté au feu, & ses cendres jettées au vent, conformement à ce que l'Europe impartiale en avoit prejugé. C'est là son entrée triomphante aux Enfers, qui fait le sujet de l'Histoire.

Mais à quelques jours de là, & dans le tems que l'Auteur en étoit à l'endroit de l'Histoire, où les quatre Charges sont données à Girard à la Cour de Pluton, vinrent d'autres Lettres d'Aix, par lesquelles on apprit que par Arrêt dudit Parlement de ce même jour 10. Octobre 1731. le Pere Girard avoit été renvoyé absous de tous les crimes horribles, dont il étoit cependant convaincu par ses propres Memoires.

Cette nouvelle engagea l'Auteur à disposer la fin de l'Histoire par le Dialogue Infernal, où il fait revenir ce Jesuite des Enfers sur la Terre, pour continuer d'y exercer ses fonctions, à l'avantage de Pluton; conformement à la Morale de la Societé.

L'ENTRE'E TRIOMPHANTE DU JESUITE GIRARD. *AUX ENFERS.*

PAr un Arreſt du *Sénat* Provençal,
Pour plus d'un crime énorme & capital;
Certain Jéſuite, homme fameux & rare,
Danſant en l'air, fit un ſaut au Tartare.
En ſon honneur, d'abord, Sire Pluton,
Fit du béfroi ſonner le carillon.
L'Enfer ſurpris de cette ſérenade,
Dit : Eh ! d'où vient tant de fanfaronade ?
Quelle harmonie en ces lieux ténebreux,
Vient irriter les maux des malheureux ?
On n'a jamais célebré telle Fête.
Et pour qui donc cette pompe s'apprête ?
Quand on reçût & Cartouche & Nivet, *
On ne fit point ce bruit à leur ſujet.
Sans doute, c'eſt un Miniſtre de France,
Un Cardinal, un Pape, ou ſon engeance.
Ce cas, pourtant, n'eſt pas ſi ſurprenant;
De telles gens viennent ici par cent,
Sans qu'on leur faſſe une ſi belle entrée.
Mais n'eſt-ce point quelque tête mitrée,
Qui vient prêcher *la Conſtitution*,
Et s'engouffrer dans la damnation ?
Alors Pluton retrouſſant ſa mouſtache,
Des flots de ſouffre il vomit, touſſe & crache:

* *Fameux Scelerats, rompus vifs à Paris.*

Et puis, voyant des Damnés le concours;
Son Sceptre en main, il leur tient ce discours.
Vous dont j'entens la plainte & le murmure,
Ecoutez-moi. Sçavez-vous l'avanture,
Et le sujet qui me fait en ce jour,
Chasser l'ennui de ma lugubre Cour?
Si votre cœur est sensible à ma gloire,
Vous devez tous célebrer ma victoire.
Vous connoissez cette *Societé*.
Le ferme appui de ma Principauté:
Nous devons tous des actions de grace
A nos amis, les bons enfans d'Ignace:
Vous le sçavez, mon Empire, sans eux.
Seroit désert, ou n'auroit que de gueux.
C'est par les fruits de leur douce méthode,
Que dans mes Fiefs tout Rome s'inféode.
Loin d'être ingrat, (il faut vous l'avoüer)
Je leur dois tout: Puis je assez les loüer?
J'ai crû devoir faire ce préambule,
Pour préparer ce Conciliabule
A recevoir & joindre à Molina, *
Son bon Disciple, enfant de Loyola:
Dans un moment vous le verrez paroitre.
A son Bonnet, vous le pourrez connoître:
Il est tout noir, presque plat & tondu,
Par privilége en trois cornes fendu.
Vous le verrez marcher en Chatemite;
Les yeux baissés comme insigne hypocrite;
Sour d'une oreille, un teint sec & tané;
L'œil sombre, creux, & le corps mal tourné,

* *Auteur de la Morale corrompuë.*

Mais ne faut pas en juger par la mine ;
Il séduisoit fille, femme, Beguine,
Insinuant par ses discours miéleux,
De ma doctrine un poison gracieux.
Bref, ce grand homme a sçû par sa Sequelle,
Nous attirer mainte gente Pucelle,
Et nous donner d'abondans revenus,
Tant à venir, que ceux qui sont échûs.
S'il eût long tems conduit ses artifices ;
Oh, qu'il nous eût rendu de grands services !
Que maudits soient les Juges Provençaux,
D'avoir mis fin à ces heureux travaux !
Si je les tiens, je tirerai vengeance,
De m'avoir fait cette cruelle offense.
Ils devoient bien, ces bigots Magistrats,
Ne pas si-tôt l'envoyer ici-bas.
Il est bien vrai qu'entr'eux quelques confreres,
Nos bons amis, & beaucoup moins séveres
D'ailleurs, séduits par l'or & par l'argent,
N'ont point voulu condamner l'innocent.
Mais d'autre part, certaine manigance
A fait, d'un grain, trébucher la balance.
Venons au fait. Sçavez-vous par hazard,
Quel est son nom ? C'est le PERE GIRARD.
A ce grand nom les Enfers retentissent ;
Et les Démons à l'envi s'applaudissent.
Chacun en chante un éloge parfait ;
Et se dispute un si noble sujet.
On s'animoit ; & déja la querelle
Dégéneroit en faction rebelle,
Lorsque Satan, pour apaiser le bruit.

Chers compagnons de l'éternelle nuit,
Je vais parler, & j'impose silence :
Sur vos débats je vous donne audience.
Approchez vous, mon fidéle TRIOT :
Ho, LUCIFER, ASMODE'E, ASTHAROT !
Lequel de vous doit s'arroger la gloire,
D'avoir instruit de son gentil grimoire,
Pere Girard ? D'une confuse voix,
On les entend tous crier à la fois ;
C'est moi, c'est moi. Paix-là dit le Monarque:
De vos exploits donnez moi quelque marque.
Toi LUCIFER, * réponds moi le premier :
Qu'as tu donc fait digne de ton métier ?
Seigneur, j'ai sçû, connoissant le Jésuite,
D'un sot orgüeil enyvrer son mérite ;
Lui faire accroire, en flattant son erreur,
Qu'il passeroit pour grand Prédicateur ;
Que tout Paris, pour le comble de gloire,
A ses Sermons, courroit comme à la Foire ;
Que de Liniére ** habile successeur,
De son Monarque, il seroit Confesseur.
Je lui fis voir qu'en ce poste adorable,
Il s'acquerroit un crédit redoutable,
Et qu'il verroit à ses genoux ramper,
Abbés de Cour qu'il sçauroit bien duper.
Je lui jurai que par mon assistance,
Au Ministere il joindre l'Eminence.
Il s'est livré sur ces conditions,
Aux doux attraits de mes séductions,

* *Demon de l'Orgueil.*
** *Jesuite, Confesseur de LOUIS XV.*

Son ame en fût pleinement obſedée. . . . . .
Bon, c'eſt aſſez. Toi, dis-nous, Asmodée. *
Quel eſt le fruit de ton galant emploi?
Oh, oh! je ſuis un maître drille, moi!
Je le ſondai. Je connus ſa foibleſſe,
Et que ſon cœur panchoit vers la tendreſſe.
Pour ſatisfaire à ſa lubricité,
Je lui fis feindre un air de pieté.
Que j'ai joüé, Seigneur, un plaiſant rôle!
Ne venez point me couper la parole.
Ecoutez bien l'hiſtoire de mes jeux,
Et déridez votre front ſourcillieux.
Or donc, ſçachant qu'au foible de ce Pere,
Son inſtitut eſt ſottement contraire;
Pour attiſer ſes impudiques feux,
Je m'aviſai d'un ſtratagême heureux:
Je lui fis voir que puiſque la Nature
L'avoit formé d'une laide figure,
Et que le Sexe aime les beaux minois,
Dodus, vermeils, jeunes, frais & courtois;
Il ne pouvoit, ſans emprunter mes armes,
Bien ſupléer au défaut de ſes charmes.
Le ſot me crut, & ſans perdre de tems,
Je lui fis part de mes enchantemens
Que le vulgaire appelle ſortilege,
Preſtige, pacte, horrible ſacrilege.
Quoiqu'il en ſoit; cet homme de vertu;
De tous mes dons fut d'abord revêtu.
Ce n'eſt pas tout; car pour en faire uſage,
Je lui tenois en ſecret ce langage:

* *Demon de l'impureté.*

Mon doux mignon, mon petit Favori;
Pour du beau Sexe être toûjours cheri,
Que vous avez un puissant privilege!
Tout vous courra, femme, fille; que sçais-je?
La jeune Nonne avec son air dévot.
Peût être un jour grossira votre lot.
Choisissés-bien. Mes justes connoissances
Vous ouvriront le fond des consciences.
Erigez-vous en zelé Directeur.
Aprouvez tout. Assurez vous du cœur.
Si par hazard, quelque jeune Pucelle
A vos désirs se montroit trop cruelle;
Ouvrez sa bouche en lui baisant les yeux;
Et lui poussez un bon souffle amoureux:
Il sçaura bien pénetrer jusqu'à l'ame,
Et l'embraser d'une impudique flâme.
Au Tribunal de la Confession,
Réïterez cette transfusion.
Vous la verrez courir comme une folé
Sur tous vos pas; vous serez son Idole.
Pour triompher de sa pudicité,
Sans nul scrupule, & par subtilité,
Faites lui prendre un enchanteur breuvage;
Qui de ses sens lui ravissant l'usage,
La jettera dans des convulsions
Quelle prendra pour saintes visions.
Dans ces transports, son ame extasiée,
D'illusions sera rassasiée:
Lancez lui bien ce trait luxurieux,
Qui dans l'amour est si victorieux;
Sa douce amorce, & ses charmes prémices

Enyvreront tous ses sens de délices ;
Quelle croira, par vos tendres lazzis,
Des avant-goûts des biens du Paradis.
N'épargnez rien, ni sacré, ni profane ;
Mais ménagez votre jeune Sultane.
L'éclat public des divines faveurs,
Vous gagnera ses dévotes consœurs.
Il fera plus ; car votre renommée,
Comme d'un Saint sera par tout semée.
Connoissez vous cette jeune Dondon,
Que sa vertu préconise à Toulon ?
Elle est la fleur de toutes les Vestales ;
Et ses beautés n'en trouvent point d'égales ;
Sage tendron, & Vierge, s'il en fut,
Simple d'esprit. Eh bien, voilà mon but.
Voyez mon fils, si ce portrait vous touche ?
Le bon morceau! L'eau m'en vient à la bouche.
Vous souriez, inflexible Pluton,
Et voudriez le croquer en glouton :
A d'autres ; zest. J'ai gardé la Cadiere ;
Pour les plaisirs de mon chaste confrere
Pere Girard. Il a sçû par ma foi
Durant deux ans en faire un bon emploi ;
Digne de nous, digne de la Morale,
Que pour nos droits enseigne sa Cabale.
De mes leçons il a tant profité,
Que son Serrail, bien-tôt accredité ;
Devint orné de belles Favorites,
De sa rubrique avec plaisir instruites.
Oh, qu'il a fait valoir cette moisson ;
Le bon Apôtre ! Ici pleut à foison,

Et tomberont encor plus dans la ſuite,
Des réjetons de ſa race bénite.
Il a ſi bien faſciné tous les yeux,
Que ſes forfaits ſont actes vertueux.
L'impieté, l'inceſte, l'adultaire,
Ne ſont comptés que pour faute legere.
Prononcez donc, Oracle Souverain,
N'ai-je pas bien conduit mon joli train ?
Pour des ſuccès d'une telle importance,
Ne dois-je pas avoir ma récompenſe ?
Oüi, ton récit m'a preſque diverti.
Reſte à ſçavoir ſi tu n'as point menti.
Ici ſe fit une petite pauſe.
Puis ASTHAROT * à parler ſe diſpoſe.
Je viens, Seigneur, par votre appellé,
Au Conſiſtoire aujourd'hui raſſemblé.
Quoiqu'Aſmodée ait vanté ſes proüeſſes,
J'ai plus que lui fait de ſcelleratesſes.
Mais ſans en faire un détail faſtueux,
J'abregerai. Mon rôle eſt ſérieux ;
Et vous verrez qu'Aſtharot eſt un Diable,
Par qui Girard fut un fourbe execrable.
De ſon eſprit je me ſuis emparé.
Aux faux ſermens l'ayant bien préparé,
Je lui ſoûtins que l'impoſture énorme,
Et le blaſphême, au fonds & dans la forme,
Sont de chanſons, & que l'intention
Rectifioit la plus noire action.
De ce principe il ſçût par ma prudence,
Etendre loin l'affreuſe conſéquence.

* *Demon de l'impoſture.*

Quant on l'accuse, à l'instant, par mes soins;
On lui fabrique un tas de faux témoins.
Je n'allai point les prendre en Normandie :
Tous les Acteurs de cette Comédie,
Pris à Toulon, ausquels je fis le bec,
Mentoient pour lui, mieux que n'eût fait un
Je lui conseille en bon Jurisconsulte, (Grec.
De repousser ses crimes par l'insulte;
De reclamer à tout le genre humain,
Par des Factums contournés de ma main;
Et de sauver son horrible impudence,
En immolant la timide innocence.
Lorsqu'à mon zéle il se vint dévoüer?
Quels fins ressorts n'ai-je pas fait joüer?
J'ai suborné par argent, par pratique,
Celui qui doit la vengeance publique.
Mes faux témoins firent charger de fers
Les innocens, au lieu de mon Pervers.
J'avois gagné deux ames mercénaires,
Que je lui fis nommer pour Commissaires.
J'en vins à bout d'autant plus aisément,
Que l'un des deux étoit un vieux Croquant,
Vrai Sycophante, aimant la paillardise,
Tartufe, avare, enfin homme d'Eglise.
Et la Cadiere à ma persuasion,
A retracté sa déclaration.
Dans mon parti, par un détour habile,
J'ai de Toulon mis l'Evêque imbécile.
Prenant le nom de la Societé,
Pour imposer avec impunité,
Je l'animai par sa supercherie;
A soutenir avec effronterie,

La fausseté de l'accusation ;
Digne, en effet, de réparation.
Que peut de plus l'imposture & la rage ;
Pour le sauver du gouffre & du naufrage ?
S'il s'est trouvé de certains Magistrats
Que n'ont émûs mes complots scélerats,
M'en est-il dû moins de reconnoissance ?
Parlez, Seigneur ; j'attends votre Ordonnance.
Le fier Pluton, en respirant un peu,
Pousse, en baillant, un tourbillon de feu ;
Prend d'Astharot la brûlante Requête,
Branle la fourche, & crie à pleine tête.
Holà, ma Garde ! Amenez moi GIRARD.
Dès qu'il paroît, Asmodée au Paillard
Fait compliment : Eh, bon jour, Camarade!...
Fy... Quelle odeur... Que tu sens la grillade !
Que vois je, hélas, à l'entour de ton cou
Tout écorché par le nœuds d'un licou ?
Ton ombre est rouge & couverte de braise.
D'où viens-tu donc ? Sors-tu de la fournaise ?
Ah ! Plaignez-moi, mes amis les Démons,
Mes Conseillers & tristes Compagnons !
Sur le gibet l'indiscrete Cadiere,
M'a fait trop tôt terminer ma carriere.
Dans un bucher, on m'a jeté mourant.
Ma froide cendre est dispersée au vent.
De mes forfaits trop complaisans Ministres ;
Voilà le fruit de vos conseils sinistres !
Nos ennemis triomphent par ma mort,
Adoucissez la rigueur de mon sort.
Tous les Démons pour calmer sa tristesse ;
Sautans, dansans, font de cris d'allegresse.

Alors Girard s'addressant à Pluton ;
Le harangua, lui fit ce beau Sermon :
C'est donc à vous, ô Monarque équitable ;
De tous les Dieux, pour nous seul adorable,
Qu'humble sujet j'ai recours aujourd'hui!
De votre éclat je me sens éblouï.
Je tremblerois ; mais ce qui me rassure,
C'est mon grand zéle. Et par Pluton je jure,
(Permettez moi cet auguste serment)
De vous servir toûjours fidélement.
Vous le sçavez ; l'histoire en est publique,
Que dans tous lieux notre Corps Jesuitique
Vous est soumis, devoué, consacré :
N'en suis-je pas un Martyr declaré ?
Et si là-haut le droit & la justice
M'ont fait souffrir un infâme suplice ;
J'en fais ici ma gloire & mon honneur.
J'ai signalé mon zéle avec ardeur,
Et profané les plus sacrés mysteres
Que j'ai traités de fable & de chimeres.
En votre nom, par mon esprit malin,
J'ai corrompu le Sexe feminin.
Je n'ai soufflé les plus impures flames,
Que pour peupler tout votre Empire, d'ames.
Pour vous servir nous nous prêtons, aux Grands
Et leur vendons les graces & les rangs.
Souples, plians aux maximes des Princes,
Nous Gouvernons la Cour & les Provinces :
Et fiers Tyrans, s'ils traitent leurs Sujets,
A les flater nous sommes toûjours prêts.
Quand leurs soupçons immolent l'innoncence,
Nous apelons leur cruauté, prudence.

Toûjours un Roi, dans notre sens moral,
Est politique, & jamais n'agit mal.
Nous avons l'art de donner une bride
Aux sots remords de son ame timide.
Tous les forfaits, quand ils sont couronnés,
Sont glorieux, ou du moins, pardonnés.
Aux pieds du Pape asservir l'Idolâtre,
C'est à Pluton ériger un théâtre :
Nous y faisons, entre tous nos Acteurs,
Briller des Roys avec des Empereurs.
Notre morale est pour eux differente,
Douce en secret, en public foudroyante.
Je vous révele en bon Religieux,
Tous nos détours les plus mysterieux,
Et le plus fin de notre Politique
Qui nous tient lieu de regle Evangelique.
Enfin, Seigneur, dans tout ce que j'ai fait,
Mon tendre cœur n'eût que vous pour objet.
Vous me voyez aux pieds de votre Trône :
Délivrez-moi des mains de TYSIPHONE, *
Je suis Jesuite ; & ma duplicité,
Peut-être utile à Votre Majesté.
Je sçais prêcher, diriger & séduire ;
Et je connois les Loix de votre Empire.
Jettant sur lui des regards adoucis,
Satan lui dit, en haussant les sourcils :
Dans mes Etats j'ai nombre de Jesuites,
Qui ne sçauroient égaler tes mérites.
Nos Escorbars, Tambourins & Sanchès,
Au prix de toi, ne sont que de benets ;
Ils se bornoient, en suivant l'axiôme,

* *Une des Furies.*

Du bon Ignace, aux plaisirs de Sodome;
De la Nature en violant les Loix,
Ils s'amusoient à ces petits exploits.
Ton appetit plus lascif & connexe,
A sçû joüir des faveurs du beau Sexe:
Le cocuage & les avortemens,
De ton sçavoir sont de beaux monumens,
Pere GUIGNARD ton confrere perfide,
Du grand HENRY ne fut que parricide:
Il s'en tint-là. Le sot Pere Guignard!
Qu'ai je gagné? Vive vive GIRARD!
Que tes Exploits sont grands & mémorables!
Nous avous peine à loger tes coupables;
Ils vont tomber au fond de mon Enfer,
Par gros flocons comme neige d'hyver.
A ton abord je tressaillis de joïe.
Aussi, je veux te confier ta proïe.
Je fais bien plus: Pour comble de faveur;
Je t'associe à mon supréme honneur,
Et te décore avec magnificence,
De quatre emplois dignes de ta Régence:
De mes Enfers je te fais Directeur,
Mon Chancelier & mon Prédicateur;
Et pour fournir à tes frais honoraires,
Sois l'Intendant de mes noires affaires.
A l'équité d'un si glorieux choix
On applaudit d'une commune voix.
Pere Girard reçût les réverences
De politique ou de reconnoissances.
Vinrent d'abord les Jesuites en corps,
Les Cordons bleus, Recteurs & Matadors
Le haranguer par un pompeux éloge,

* *Jesuites & Casuistes impudiques.*

Et l'inserer dans leur Martyrologe.
Puis, en latin, leur défunt Général *
Fit ce discours en stile Monacal:
Des grands Heros dont notre Compagnie
Doit célebrer le sublime génie,
Vous avez seul, à la posterité
Transmis la gloire avec la dignité.
En terminant votre illustre carriere,
Par une mort brillante de lumiere,
Vous couronnez vos travaux éclatans;
Même à la fleur du plus beau de vos ans.
Mais à quel point une plus longue vie
N'eût point bravé la fureur de l'envie?
En succombat par de lâches complots,
On vous reçoit ici comme un Héros:
Et nos vertus qui marchent sur vos traces;
Vous ont comblé de grandeurs & de graces;
Mais, entre-nous, mon cher Pere Girard,
Parlons sans feinte, expliquons-nous sans fard:
Vous connoissez jusqu'où mon cœur fidéle,
Pour notre honneur peut étendre son zéle.
Là, dites-moi, comme en confession,
N'auriez-vous point quelque tentation
De retourner promptement sur la terre
A nos rivaux faire encore la guerre?
Que ce retour seroit victorieux,
Et qu'à l'Enfer il seroit glorieux!
Vous en sçavez toute la consequence.....
Oüi, dit Girard; mais votre experience,
Mon Général, vous convainc tristement,
Que de là-haut on descend aisement;

* *Le Pere Tamborin.*

Qu'y

qu'y remonter ; c'eſt-là le grand myſtere.
Voici, je crois, ce que je pourrois faire :
C'eſt d'envoyer, à l'inſçû de Pluton,
quelque Sorcier, Magicien, ou Démon
De ma ſequelle au Sénat de Provence,
Et lui donner nos lettres de créance,
Pour engager notre cher Préſident
A députer au nom du Parlement,
Son Orateur qui par ſon éloquence,
Puiſſe obtenir ma prompte délivrance;
En faiſant voir clairement à Pluton,
que je ſerai là-haut ſon Factoton.
Je vais tenter ce projet incroyable ;
Car j'en augure un ſuccès favorable.
Il n'eſt rien tel que nous, mon Général !
Je tromperai le Dieu même infernal ;
Et je prétens par mes tours admirables,
Joüer le Ciel, la Terre & tous les Diables.
Dans un moment viendra l'Ambaſſadeur ;
Et de l'Enfer je ſortirai vainqueur.
Jadis Hercule eut, dit-on, cette gloire.
J'en veux ce jour réaliſer l'hiſtoire.
que ne peut point un Jeſuite en fureur,
qui de ſon nom veut réparer l'honneur ?
Dans mon audace, intrépide, invincible,
Je forcerai juſques à l'impoſſible.
Il dit. Il part, & court expédier
Son diligent & fidéle Courier.
Puis, il revient réjoindre ſes Confréres ;
Dont il reçût les vœux & les Priéres.
QUE les Démons, par notre heureux concours,
Puiſſent vous faire un chemin de velours,

Dit ESCOBAR ! que notre Moliniſme
Ecraſe enfin l'obſtiné Janſeniſme !
Par vos complots, il faut que ce Parti
Tombe abîmé, détruit, anéanti.
Exterminez toute Secte maudite,
Qui ne veut pas plier ſous le Jeſuite.
Quoi ! Nous ſçavons captiver dans nos fers,
Les Potentats de cent Peuples divers,
Sera-t'il dit, qu'un Troupeau miſerable,
Veüille dompter notre orguëil indomptable ?
Sans diſtinguer la vertu, ni le rang,
Faiſons couler mille ruiſſeaux de ſang.
Frapons, perçons, & brûlons l'Incrédule,
Qui de Clement oſe attaquer la Bulle.
Dès Rois Chrêtiens le Pontife Romain,
Par nos fureurs, ſera ſeul Souverain ;
C'eſt notre Loi... Mais qu'eſt-ce?... On vient m'apprendre,
Un fait nouveau, que je n'oſois attendre ;
Pere la Chaiſe * annonce tout joyeux,
Qu'une Ombre noire arrive dans ces Lieux ;
Qu'elle s'annonce avec magnificence,
Le Député du Sénat de Provence ;
Qu'au Dieu Pluton il vient faire ſa Cour,
Et vous rappelle à la clarté du jour.
Du grand ſuccès que promet cette Affaire,
Je veux, moi-même, être le Secretaire.
Remarquez-vous que cet Ambaſſadeur,
Prend LUCIFER pour ſon Introducteur ?
e les vais ſuivre ; & d'un recit fidéle,
e publierai cette Hiſtoire immortelle.

* *Jeſuite, Confeſſeur de LOUIS XIV.*

LE RETOUR DU PERE GIRARD, DES ENFERS SUR LA TERRE.

DIALOGUE INFERNAL.

ENTRE,

PLUTON, *Roi des Enfers,*
LUCIFER, *Confident de Pluton.*
Le Procureur Général du Parlement d'Aix, *Député.*
Le P. GIRARD, *Jésuite.*

Rapporté par ESCOBAR.

***

Suivant la Coppie imprimée

A ROME,

Les Ides d'Octobre 1731.

DIALOGUE INFERNAL

LUCIFER A PLUTON.

VOici, Seigneur, un Robin députe
Qui veut parler à Votre Majesté.
C'est l'Envoyé du Sénat de Provence,
Qui vient vous faire une humble remontrance.
Il est chargé par sa commission,
D'en obtenir prompte expedition.

PLUTON.

Telle Ambassade est vraiment singuliere,
Et contre nous peut cacher du mystére.

LUCIFER.

Cet Envoyé du Sénat de Provançal,
S'en dit aussi Procureur Général.

PLUTON.

Oh, oh; Qu'il entre; & que notre Brigade,
Pour l'honnorer, escorte l'Ambassade.

LE DE'PUTE' DU PARLEMENT

Roi ténébreux de ce sombre manoir
Que les vivans ne voudroient jamais voir?
Le Sénat d'Aix qui se declare injuste,
M'envoïe au pied de votre Trône auguste,
Pour reclamer le Jesuite GIRARD
Qu'il a trop-tôt fait mourir par la hard.
Il sçait combien ce zélé Missionaire
Vous est là-haut utile & necessaire.
Renvoïez-le pour vos seuls interêts,
Il poussera bien plus loin vos progrès,
Il n'en a fait que de foibles ébauches:
Mais la Chîne en portant ses débauches,
Il vous rendra par le secours des siens,
Des millions de leurs nouveaux Chrêtiens.
Lui seul, il peut enrichir vos domaines,
Laissez-le aller aux Régions lointaines.
Ses beaux talens en France sont connus;
Il faut qu'ailleurs il porte ses vertus.

Pour célebrer vos grandeurs qu'il adore ;
Il parcourra le Couchant & l'Aurore.
Son cœur, son ame est un tribut certain
Qui vous est dû comme à son Souverain:
A peine a-t'il atteint plus de dix lustres:
Son âge est propre à des exploits illustres.
Il reviendra bien plus digne de vous,
Comblé d'honneurs, embrasser vos genoux.
Mon Parlement vient, par mon ministere,
Vous confirmer son dévoüement sincere.

PLUTON.

Je t'entens bien, Membre du Sénat d'Aix!
Mon caractére est respectable, mais
De tous les tems j'ai la foi Provençale
En défiance: Elle est par trop vénale.

LE DE'PUTE'.

Non, non, Seigneur; & notre Président
Bien-tôt ici vous sera mon garent.
Ce Magistrat avec son Intendance,
Est tout entier dans votre dépendance.
Ce qui restoit d'honneur à ce vieillard,
Il l'a vendu pour notre ami Girard.....
Qu'attendez-vous? Ordonnez donc qu'il parte;
Et faites lui délivrer sa pancarte.
Un bon brevet muni de vos trois Sceaux
Le sauvera de la main des Boureaux;
Le conduira du Mexique à Surate,
Par tout enfin où votre gloire éclate;
Il passera du Japon au Chili, *
Il y rendra votre culte annobli.
D'autres ici pourront en son absence,
Par mes conseils supléer sa Régence.

PLULON.

Qu'il parte donc. Mais ce n'est qu'à regret,

* *Grande Province de l'Amerique dont les Jesuites sont Tirans.*

Que je renvoïe un si digne sujet.
Je fonde aussi ma plus douce esperance
Sur son retour. Ah, quelle impatience
J'en sens déja ! Vous, digne Ambassadeur,
Restez céans, seulement par honneur.
Votre Excellence, en qualité d'Otage,
Le supléra pendant tout son voïage.
De votre train mon Royaume embelli,
Sera plus fourbe, & plus enorgueilli....
Mais cependant examinons. Je pense
Qu'un tel renvoi seroit de consequence.
Voyons Girard. Je ne dois poliment,
Le renvoyer sans son consentement :
Il est chez nous en Païs de Cocagne.
Il ne faut point l'envoyer en campagne,
En Capucin : Je suis content de lui.
Déterminons cette affaire aujourd'hui.
Hola, quelqu'un ? Dites-lui qu'il s'avance.

GIRARD *paroît.*

Honneur & gloire à votre Revérence,
Pere Girard ? Venez sçavoir le cas
Qui cause icy mon trouble & nos débats.
Expliquez-nous. Vous sçavez que mes Graces,
Pour vos bienfaits, vous assignent des Places,
Qui pourroient bien remplir dans ces bas lieux,
L'ambition d'un Pape glorieux.
Mais CLEMENT Onze, * avec sa belle Bulle,
A, moins que vous, doré notre pillule.
Le Député de votre Parlement,
Dit que je dois, par son raisonnement
De Politique & de ruse profonde,
Vous envoyer prêcher au nouveau Monde
Votre Doctrine, & que par ce moyen,
Le Catholique, un jour, sera Payen.

LE P. GIRARD.

En votre nom, quand la gloire m'apelle,
Dieu de mon cœur ! je porterai mon zéle,
Par Mer, par Terre, au bout de l'Univers,

* *Auteur de la Bulle* UNIGENITUS.

Et reviendrai baiser mes heureux fers.
Sans rédouter les foudres, ni les flâmes ;
Je gagnerai plusieurs millions d'Ames,
Que j'aurai soin de vous sacrifier,
Faisant semblant de les sanctifier.

PLUTON.

Pars donc, Girard, sous ces heureux auspices,
Cours inonder le Monde de tes vices :
Que leur poison, subtil, contagieux,
Puisse infecter l'Air, la Terre & les Cieux !
Foule à tes pieds les Vertus étouffées.
Réviens chargé de superbes Trophées.
Ho, Lucifer ? Que l'on dise à Caron
De s'apprêter à passer l'Acheron,
Et que je veux qu'aujourd'hui de sa Barque,
Pere Girard sur la Terre il débarque.

Au Pere GIRARD.

Va donc ; mon Fils, remplir ta Mission.
Vien recevoir ma benediction :
Elle vaut bien celles que les Pontifes
Donnent à Rome, en allongeant leurs griffes,
Pour cramponner par benites façons,
Les Sots qui vont gober leurs hameçons ;
Et s'exposant au poison de leur soufle,
Idolâtrer, & baiser leur Pantoufle.
C'est à moi seul que cet honneur est dû :
Mais en faveur de ta rare vertu,
Je t'en dispense : Et voilà Radamante, *
Qui te promet la *Grace suffisante* :
Par son secours, tes glorieux travaux,
T'assureront des Triomphes nouveaux.
Grégoire sept à toi se recommande,
Cherche des faits pour grossir sa Légende :
Et, s'il se peut, encor plus scélerat,
Cours achever ton digne Apostolat.
Et Vous, Démons, ** je veux pour vos salaires,
Que vous soyez tous trois ses Sécretaires.

* *Juge des Enfers.*
** *Lusifer. Asmodée. Astharot.*

Enregiſtrez ſes fameux attentats;
Dans les perils ne l'abandonnez pas.
Votre Journal curieux & célebre,
Composera ſon Oraiſon funébre.

A leur départ, l'enfumé Belzébut,
De ſes Canons leur fit un beau ſalut:
Et l'Intendant de ſon Artillerie,
Pour ſignaler ſa galante induſtrie,
Fit d'un Volcan un Théâtre enflâmé,
Par artifice en Dragons transformé.
Ce n'étoient pas de ces billevezées,
Que les Badauts appellent des fuſées.
Ces feux d'Enfer, bien loin d'être joyeux,
Furent changez en un ſpectacle affreux.
D'un ſouffre ardent mille torrens de flâmes,
En ſerpentant, embraſérent les Ames
Des Malheureux, qui rotis & fumans,
Faiſoient concert d'horribles hurlemens.
Par ces Adieux finit la Comédie,
Mais, au retour, gare la Tragédie.

F I N.

HISTOIRE VERITABLE.

1731.

Lorsque Monsieur de Ventimille,
Prélat au teint frais, & vermeil,
Eût fait promener par la Ville
Un certain Arrêt du Conseil,
Qui le remettoit en puissance
De déclarer les Avocats
Heretiques pour certain cas
Par eux jugé sans compétence;
Ceux-cy de leur côté voyant que l'Audiance
Etoit par tout fermée à ce sujet,
Aimerent mieux se résoudre au silence
Que reconnoître un injuste decret,
Et garderent leur éloquence
Pour un meilleur tems : en effet,
Point de nouvelle tentative
A faire, point de liberté
Pour choisir par quelle lexive
La tache d'hereticité,
Dont cette Compagnie étoit alors taxée,
Pourroit enfin être effacée.
Le premier jour de l'interdit,
Volontaire, comme on l'a dit,
Certain Précepteur de College
Qui sçavoit la Bulle en Latin,
Vint au Palais de grand matin,
A petit bruit & sans cortége.
L'intriguante Societé,
Vulgairement les Jesuites,

Tout exprès l'avoit député
Pour voir quelles feroient les fuites
De cette affaire: notre Abbé
Avoit grand faim de Benefice;
Mais par fureur & maléfice
Il falloit l'avoir mérité.
Tout doucement donc il fe gliffe
Dans un endroit où les Plaideurs
Attendoient qu'on ouvrît la porte:
Il y voit gens de toute forte,
Et pas un de nos Orateurs:
Auffitôt fon zele l'emporte;
Il écarte avec les deux bras
Ceux qu'il trouve fur fon paffage,
Et s'avance avec grand fracas
Vers l'endroit, où maint perfonnage
Donnoit à l'envi fon fuffrage
Au filence des Avocats.
Son cœur eft plein de fiel & d'amertume,
Ses Levres blanchiffent d'écume,
La rage eft peinte dans fes yeux,
Et fa langue à peine articule
Quelques termes calomnieux:
A fon afpect chacun recule,
Saifi d'une fubite horreur;
Ce préambule de fureur
Semble être d'un finiftre augure.
Enfin après quelque murmure,
Notre nouveau Prédicateur
Faifant grimacer fa figure,
Au hazard décoche fes traits:
Et quoi, dit-il, cet Ordre fanatique,
Parce qu'on le juge heretique,
Aura déferté le Palais?
Arme-toi vengeance publique,
Et qu'il périffe avec éclat;
Tu peux arracher la victoire
Des mains de ce Corps fcelerat,
Qui n'a que trop terni la gloire

Et de l'Eglise & de l'Etat.
Il est tems de couper la trame
De ces complots injurieux :
Que le fer, qu'un gibet infame
Pour jamais dérobe à nos yeux
Ces monstres dont la voix reclame
D'imaginaires libertés ;
Que les os de ces révoltés
Réduits en cendre par la flame
Sur les aîles des vents soient au loing emportés:
J'ay vû cette Troupe infidelle
Lever une tête rebelle,
Et critiquer impunément
La Doctrine d'un Mandement,
Fruit de l'active vigilance
D'un Prélat sobre, modéré,
Dès sa jeunesse consacré
Aux travaux de la pénitence,
LA FARRE, SALEON, FLEURY,
HENRIAU, DE LISLE, BISSY,
TANCIN, LANGUET, LA PARISIERE,
Avec les traits d'une vive lumiere,
Touchés nos cœurs, éclairés nos Esprits,
Vous êtes l'Eglise enseignante,
Soûtenés la Foy chancelante
Par vôtre exemple, & vos Ecrits ;
La Religion désolée
Dans son besoin vous demande à grands cris
Une promte assemblée :
Venés nous montrer le venin
Qui s'est glissé dans plus d'un Livre,
Et chasser la verge à la main
L'erreur dont le public s'enyvre ;
Commandés ; c'est à nous de suivre
Vos préceptes sans examen ;
Au nom du Pontife Romain,
Tonnés, Foudroyés la cabale ;
Otés, s'il se peut, le scandale,

Que tout un Peuple tous les jours,
Cause dans un de nos Fauxbourgs
Par des neuvaines Schismatiques
Et des guérisons fantastiques.
A ces préstiges de Satan
Opposés de puissans obstacles,
Armés contre ces faux Miracles
La colere du Vatican;
Renversés ce marbre prophâne,
Qui couvre de vils ossemens,
Sans craindre les emportemens
D'un zele que le Ciel condamne;
Sans la Bulle point de salut;
Prouvés cela, c'est vôtre but;
Montrés qu'un Appel sacrilege,
N'a pû donner le privilege
Que l'on attribuë à Pâris:
Que par vous ses honneurs flétris
Désabusent la Populace,
Qui prend dans sa coupable audace
Un corps maudit pour un Trésor;
Faites-en comme du Veau d'Or;
Et qu'elle en avale la cendre,
Pour le punir de son égarement.
Sans dépit qui pourroit entendre
De tels excés? Aussi l'étonnement
Causé par cet affreux delire,
Avoit ôté, pour ainsi dire,
Et l'esprit & le sentiment;
Lorsqu'un Officier militaire
Qui se trouvoit là par hazard:
Oh! c'en est trop, je ne puis plus me taire,
Dit-il, à l'instant sa main part
Comme un éclair, & va fraper la joüe
Du témeraire babillard.
Quoi! même ta fureur se joüë
D'un Saint qui voit à son Tombeau
S'opérer tous les jours un Miracle nouveau,

Mais j'entrevois le motif qui t'anime,
Il te falloit acheter par un crime
La faveur de ceux que tu sers,
Monstre vomi par les Enfers ;
Tu viens ici placer sous l'anathême
Ces genéreux Interprêtes des Loix
Qui font briller par leur retraite même
Leur attachement à nos Rois ;
Et ta bouche à l'instant consacrée au blasphême
Sans nul respect pour cet auguste lieu
Avec une violence extrême
Attaque les amis de Dieu,
Pour seconder des noirs enfans d'Ignace
Les projets monstreux,
Girard infame, incesteux,
Par toy ne pouvoit-il être mis à la place
De ce Diacre vertueux.
Cela manque aux excès d'un zele inpétueux
Tel que le tien... quoi ! tu souffle encore!
Sauve tes jours d'un peuple qui t'abhorre,
Prêt à vanger sur toi l'outrage fait aux Saints;
Quelque infame que fût ce genre de Martyre,
Il serviroit trop aux desseins
D'une Societé qui te meût & t'inspire :
Sors, & deux fois ne te le fais pas dire.
L'Abbé proneur, qui lisoit dans les yeux
Des assistans enflamés de colere,
Qu'il ne faisoit bon pour lui dans ces lieux
Crut qu'en fuyant il sortiroit d'affaire ;
Vers la grand-salle il porte donc ses pas,
Monsieur l'Abé, dit quelqu'un de la troupe,
Vous n'avez pas ici le vent en poupe.
Hola ! rentrés, trop sale est vôtre cas,
Rien qu'un soufflet pour une telle offense;
Vous en seriés quite à trop bon marché;
Ici s'est commis le peché ;
Il faut ici subir la pénitence,
De l'imposer je prends sur moi le soin.

En même tems un rude coup de poing
Dans l'estomach fait tomber en arriere
Nôtre envoyé, pâle, interdit, défait,
Qui d'une voix tremblante se plaignoit
D'une meurtrisseure au derriere;
Il n'étoit pas au bout, pas même à la moitié;
Celui-cy dans le dos lui donne un coup de pied;
Celui-là d'une main robuste,
En le tirant déchire son manteau;
On le pousse, on le tarabuste,
On le roule sur le carreau,
Sans Rabat, Chapeau, ni Calotte,
Qui sont déja loing du corps qu'on balotte:
Pardon, s'écrioit-il, je suis estropié,
Malgré ses cris un chacun le pelotte;
Son visage tout noir de poussiere & de crotte
Pour un autre sujet eût émû la pitié:
Mais le Peuple irrité le traite comme impie:
Et qu'importe qu'on l'estropie!
Blasphemateur, Orateur de Satan,
Qui t'a dicté ta maudite Harangue?
Tu méritois le Foüet, le Carcan,
Nous devions t'arracher la langue,
Te faire pis encore: mais nous sommes trop doux
Rends grace à Dieu qui retient mon courroux:
Mais voyés donc cette façon de Prêtre,
Tu te rétracteras; allons, vîte à genoux,
Ou bien t'attends à périr sous nos coups.
L'Abbé voyant qu'on lui parloit en maître,
Et que d'ailleurs il n'étoit le plus fort
Eh bien, dit-il, que veut-on que je fasse
Pour éviter un plus tragique sort,
Dont votre dépit me menace:
Vous m'avés trop bien fait sentir que j'avois tort,
Et s'il ne faut que se dédire;
Sans peine à votre Arrêt on me verra souscrire.

Il faut de plus faire abjuration ;
Point de ſalut ſans cela , point de tréve.
Sur ſes genoux à l'inſtant on le léve :
J'accepte tout, dit-il , avec ſoumiſſion ,
Que le ſouffleur faſſe bien ſon office ,
Si je manque un ſeul mot, que le Ciel me puniſſe,
De tout mon cœur , oüi je vous le promets
Que dans ces lieux , je ne viendrai jamais
Pour tel deſſein ; à tort j'ai voulu mordre
Les Avocats , je reſpecte cet Ordre ,
Il penſe bien , il agit encore mieux ;
Le procedé du Prélat Vintimille
A leur égard eſt injuſte , odieux ,
Et le Conſeil eſt au ſien trop facile :
J'abjure la Societé ,
C'eſt elle qui m'a députe
Pour faire une ſottiſe inſigne ,
Jamais elle ne fut plus digne
De la haine du genre humain ;
Je commencerai dès demain
A Saint Pâris une neuvaine ,
Et s'il faut une quarantaine ,
Je déteſte tous les abus ,
Que Rome en France à répandus
Par une Bulle abominable
Qui n'a pour Pere que le Diable ;
Et qu'on nomme *Unigenitus*.
J'en appelle au future Concile ,
Dorénavant je lirai l'Evangile ,
Et veux ſoûtenir en tout lieu
Contre les mauvais Caſuites ,
Sur tout contre les Jeſuites ,
Le Dogme de l'amour de Dieu
Contre une erreur imaginaire :
Quand purement & ſimplement
Je ſouſcrivis au Formulaire ,
Je péchai très-grievement ,
Je fus un parjure , un fauſſaire ,

Et je retracte mon serment ;
C'est par une injustice énorme
Que Tancin ébloüi de l'espoir d'un chapeau,
Dans un Concile nul au fonds, & dans la forme
Fit séparer de son troupeau
Des Evêques François, le plus parfait modele;
Dès ce moment j'épouse sa querelle ,
Je voüe à Troyes, Auxerre, Montpellier,
Un attachement singulier ;
Ce sont Prélats que je révere ,
Aux sentimens desquels j'adhere.
Libre de toute ambition
Faisant divorce avec les injustices
Je prends la résolution
De renoncer aux Benefices ;
Il n'est point d'appas si puissant ,
Point de si dangereuse amorce ;
La tentation vient ; on la voit, on la sent ,
De la vaincre on n'a pas la force ;
J'ai succombé ; d'un austere devoir
Je tâchai d'écouter la voix trop importune ,
J'en vins à bout, & j'aimois à me voir
Dans le chemin de la fortune :
Puisqu'aujourd'hui vos soins officieux
M'ont enfin déssillé les yeux ;
Mieux avisé je prends une autre route ;
C'en est fait, & quoiqu'il m'en coûte ,
Dût-on m'offrir Chapelle , Prieuré ,
Canonicat , Cure , Prébende ,
Jamais je n'en accepterai ;
Tout est pour moi de contrebande :
Une conversion faite en si peu de tems
Charme , étonne les assistans ;
Mais le souffleur plus que tout autre ,
Qui déja se figure être un nouvel Apôtre
Et prétend que la meilleure part ,
Au changement du Neophite
Ses nippes étoient à l'écart ,

On

On les lui porte, & sa mine hypocrite
Trompe si bien; qu'a saint Médard
Tout le monde eût crié Miracle.
A sa retraite on ne fait plus d'obstacle,
La foule s'ouvre, on le contemple, il part,
Par politesse il marche tête nüë,
Le col panché, baissant un peu la vûë,
Et composant son manteau avec art,
Il avançoit vers la sainte Chapelle;
Quand tout à coup une frayeur nouvelle
S'empara de notre Caffard;
Croyant avoir encor un souffleur à ses trousses,
Il court: mais un gros de Laquais,
Qui faisoient sentinelle aux portes du Palais,
On lui donna bien d'autres secousses;
On l'arrête au passage, on l'épluche de près,
Son repentir ne peut être sincere,
Il a dit-on, l'aire Apostat,
Et tout à fait patibulaire.
Et pourquoi fuiroit-il d'une course légere,
Si ce n'étoit un Renégat?
Il ne sortira pas de nos mains braques nettes,
Graces à Dieu, nous ne sommes perclus.
Il fallut donc encore passer par les baguettes.
Le patient n'en pouvoit plus,
Et crioit comme un misérable;
Mais ses cris étoient superflus,
Et la livrée inexorable,
Dans son ardeur infatigable
Elle donnoit sur le dos & par tout;
Allons, du cœur, vous n'êtes pas au bout,
Monsieur L'Abbé; prenés tout le long des boutiques,
Peut-être essuirés vous quelques traits satyriques,
Mais on sera bien aise de vous voir,
Lui de passer, & brocards de pleuvoir,
N'étoit si petite Marchande

Qui de dictums ne sçût une légende,
Et de les débiter ne se fit un devoir:
Or c'est donc vous, Monsieur le rien qui-
vaille,
Qui déclamés contre le Bienheureux,
Vous prenés mal votre champ de bataille:
Ici le sort vous est malencontreux.
Si pareil desir vous travaille
A l'avenir, bourés bien votre dos,
Et le mettés s'il se peut a l'épreuve;
Ou bien prenés Cuirasse toute neuve
De pied en cap, armé comme un Heros,
La Bulle en vous aura son Don Guichote,
Osés tout seul la vanger des affronts,
Qu'elle reçoit partout aux environs;
Un Armet vous siéra bien mieux qu'une
calotte,
Dès à présent faites-vous Chevalier
De sainte Marie à la Coque,
N'étant encor que Seculier,
Loyola, ce Pere équivoque,
D'une race nombreuse aujourd'hui qui l'in-
voque
Prit un titre aussi singulier.
Pendant que les lardons d'une troupe mutine
Voloient des deux côtés, un fretillant Essain
De poliçons faisoient sur son échine
De tems en tems pleuvoir des coups
de main.
Bafoüé, disloqué, faisant piteuse mine,
Jurant tout bas, il parvint à la fin
A l'Escalier qui montre le chemin
De la place Dauphine:
Là les Laquais lui firent les adieux,
Aller plus loin qu'étoit il nécessaire?
Ils étoient las, & le suivoient des yeux,
Les poliçons en firent leur affaire;
Ils le hüoient, ouvrant un large bec,

Et racontoient aux passans son histoire,
Sur le Pont-neuf, encor nouvel échec
Il pensa laisser une machoire :
Le Grand-Thomas s'avance le premier;
Et montrant avec faste un énorme Davier ;
Livrés le moi, dit-il, s'il alloit mordre,
Il en pourroit arriver du désordre:
Pour prévenir de pareils accidens,
Je veux vous mettre en main toutes ses dents :
Arrive sur ces entrefaites
Une troupe de femmeletes
Qui brusquement prétendent le juger:
Aussi-tôt pour l'interroger
Les Décroteurs apportent leurs Sellettes.
Si l'on en croit un bruit, peut être mensonger,
(Je ne garantis rien) dans ce pressant danger,
Ses Greques n'étoient pas trop nettes.
Effet assés commun des trances indiscrettes,
Du moins vit-on grimacer les voisins,
Et se presser le nez avec les mains;
Nôtre Aréopage femelle
Onc n'avoit vû d'ame si criminelle,
Toutes étoient d'avis, vû la proximité,
Que dans la Seine il fût jetté,
Et la Sentence alloit être suivie
D'une promte exécution,
Lorsque le patient saisit l'occasion
D'un embarras qui lui sauva la vie;
Maint Carosse en ce lieu croisé fort à propos
Presse & dérange l'Assemblée,
Il est lui-même entraîné par les flots,
Puis confondu dans la meslée ;
Pour s'en tirer, il fait d'heureux efforts ;
Un Fiacre, auquel il se cramponne,
Avoit déja bien loin emporté sa personne,
Lorsqu'on le reconnut à son noir just-aucorps,

On courre, on crie: Arrête, Fiacre, arrête,
Mais le Fiacre qui craint d'avoir cassé la tête
A quelqu'un, rompu quelque bras,
Ou causé quelque autre dommage,
Comme souvent arrive en pareil cas,
Ne s'enfuit que plus vîte, & fait doubler le pas
A ses deux rosses d'attelage
Ainsi nôtre Pédant dut à ce Qui-pro-quo,
De n'avoir pas fini ses jours dans l'eau.

LUCIFER DÉDOMAGÉ.

DOM Lucifer certain jour s'amusant,
Prit son Regiſtre, & vit en le lisant
Que de beaucoup s'appetissoit le nombre
Des débarquans dans le séjour de l'Ombre :
Qu'est-ce, dit-il, ceci n'est pas commun ?
Pour m'éclaircir, faisons venir quelqu'un.
Beelzebuth ! hola ! rendez moi compte,
Dit le Monarque, il faut qu'on nous affronte :
Le casuel, ce semble, ne va pas
Comme autrefois, débrouillez moi ce cas.
Je puis faillir : mais j'ai dans la caboche
Qu'il y a là quelque anguille sous roche.
C'est bien tout marbre, & le fait est certain,
Dit l'Estafier du Sire soufterrain.
De ce déchet j'ai découvert la cause,
L'Abbé Pâris sous ce marbre repose,
En son vivant Diacre, ou plûtôt Lutin,
Jeûnant, priant, & travaillant sans fin
A notre perte : & mieux que tous nos Prêtres
Donnant, jettant son bien par les fenêtres
Pour secourir, aider de près, de loin,
Ceux qu'il sçavoit souffrir quelque besoin :
Ce n'est là tout, le méchant petit homme
Huoit, siffloit ce qui venoit de Rome,
N'en tenoit compte, & le traitoit d'abus
Pour peu qu'il fut contraire aux anciens Us.
Or jugez bien qu'avec conduite telle
Le drôle avoit belle & longue sequelle
De partisans, qui par tout le vantoient,
Et comme un Saint déja le réveroient,
Le déclarant, malgré notre rubrique,
Canonisé selon le Rit antique.

Car chacun d'eux voudroit que du vieux tems
On s'approchât en dépit de nos dents.
Mais le pis est qu'ils avoient la manie
De l'imiter, d'aller son train de vie ;
Par quoi le cas est enfin avenu
De voir regner notre ancien revenu.
Quand je le vis enfiler l'Onde noire ,
Je crus d'abord aller chanter victoire,
Ah ! pour le coup, mon petit Appellant,
A votre tour , vous voilà dévallant
Dans le manoir des gens de votre sorte ;
Allez y , dis-je, attendre votre escorte.
J'en fus le sot : voilà mon trépassé
Plus en honneur , plus couru qu'au passé.
Pour nous donner de nouvelles aubades ,
De tous côtés accourent maints malades
Le reclamant d'un cœur humble & contrit.
Qu'arrive-t'il ? Notre homme les guérit.
J'eûs beau crier : ceci n'est chose sure ,
Mes bonnes gens , mais bien pure imposture ,
Oüi dà , neant , sans écouter mes cris,
On court toûjours au bienheureux Pâris ,
Je frémissois qu'on lui donnât ce titre.
Pour l'en frustrer, j'inspire un homme à mître
Qui par écrit asséz mal fagotté
Voulut prouver qu'il n'en étoit dotté :
Ainsi qu'étant mort réfractaire au Saint Siege,
Point ne pouvoit avoir ce Privilége ,
Comme le jour se voioit clairement
Qu'étoit à charge & pesoit diablement
Au bon Prélat ce hargneux petit Diacre,
Autant du moins qu'à je ne sçai quel fiacre
Pesoit, dit-on, certaine Anne le Franc.
Quant au Mandat, à parler net & franc,
Loin de finir cette chienne d'affaire ,
A notre honte, il fit de belle eau claire
Contre Pâris. Enfin tout ce qu'il fit ,
Ce fut pour lui d'aiguiser l'appétit.

Car du depuis, ce fut un vrai déluge
De langoureux autour du Thaumaturge.
Par Lucifer, c'eſt mon plus grand ſerment,
Jurai-je alors, un tel aveuglement
Dure un peu trop. Il faut en fin finale,
Qu'il ceſſe, ou bien pour un diable de Bal
Je veux paſſer, & y penſant, dis-je, un peu
Ne peut-on donc mettre fin à ce jeu
Et diſſiper toute cette Canaille
Que je vois prête à nous livrer bataille.
Ah! bon j'y ſuis, & le tour eſt heureux.
Cherchons des gens qui faſſent les boiteux;
On les verra aller au Cimetiere
Clopin clopant, ſe coucher ſur la pierre,
Puis ſe lever, puis Miracle on criera,
Et l'impoſture auſſi-tôt ſe verra.
Je cherche donc. Juſte au gré de mon ame,
En mon chemin je rencontre une femme,
Nous convenons; Et ma drôleſſe part,
Tout en boitant arrive à ſaint Médard,
Vers le Tombeau pour mieux tromper la vuë,
Se fait mener par deux gens ſoûtenuë:
S'y vautre enfin, en marmottant tout haut
Je ne ſcai quoi. Que je devins penaut!
Comment cela, dit le Sire du Gouffre,
Frappant du pied ſur ſon trône de ſouffre?
Comment? Dit l'autre, à peine ce méchant
Sent-il de lui la commere approchant
Qu'il vous la tappe, & du coup l'eſtropie;
Mais de façon que la bégueule crie;
Ah! juſte Ciel! de ma dériſion
Je le ſens bien, c'eſt la punition.
Se découvrit ainſi tout le Myſtere,
Et l'on en paſſe acte devant Notaire,
Viſé, ſigné par vint-ſix garnemens,
Pour être mis parmi les monumens
Qui ſerviront à broder la legende,
Que l'on doit faire au Saint de contrebande.

Or voiant donc que je perdois mon tems
De ces côtés pour pervertir les gens ,
Que chaque jour s'écornoit notre rente,
Pour recruter nos habitans ; je tente
De voir ailleurs, & je tends mes pannaux
Chez nos amés & benis Provençaux.
A gens d'entre eux, je m'adresse & me borne,
Gens comme on sçait plus riches d'une corne,
Que ne fut onques habitans des Enfers,
Et pour le moins d'esprits aussi pervers,
J'en empoigne un, c'étoit homme d'élite,
Homme aux yeux doux, faisant la chatte mitte,
Menant les gens tout droit en Paradis
Par un chemin qu'on ignoroit jadis ;
Et de leur bien, ayant la complaisance
De les défaire avec beaucoup d'aisance ;
Finalement, pour achever son los,
Grand Sectateur du tendre Molinos,
Dès qu'il me sent, il se trémousse, il trotte
De çà, de là, poursuit maintes dévotes,
Et leur apprend si perverse oraison,
Qu'enfin plusieurs en perdent la raison.
Du bon moment fait usage, profite,
Et cætera, mon nouveau Proselyte :
On s'en goberge, on le met en chanson,
D'autre entretien on n'entend dans Toulon,
Et du depuis, le libertin, l'impie,
Plus que jamais menent joyeuse vie :
Par consequent, adieu toute vertu ;
On s'en soucie ainsi que d'un fétu
Dans ces cantons, & comme y fit la peste
Par le passé, l'on y verra de reste
Gagner ce mal, non moins contagieux,
Partant pour nous tout ira de son mieux.
Or me direz, si quelque bonne mere
Par cas fortuit vient sonder le mystere,
Et soupçonner de mal Apôtre tel
Voire porter la chose au Criminel ?

Bon, bagatelle : â reparer l'injure
Là forceront gens de Judicature.
Plus des trois quarts dans ma manche je tiens
Vendus, livrez à tous ceux qui sont miens,
Et si l'on vient crier à l'injustice,
J'aurai recours à quelque autre artifice.
Nous aurons soin de semer en tout lieu
Factums du goût de mon peuple de Dieu.
Pour s'en repaître, on quittera sans peine
Saint Evremont, Bocace, la Fontaine,
Tant qu'à la fin notre bon Papelard
De ce bourbier sortira tout Gaillard,
Et soûtenu de ma faveur insigne
Reparoîtra tout aussi blanc qu'un Cigne.
Lors Directeurs voiant l'impunité,
Gardant toûjours dehors de pieté,
Pourront sans peine s'épanoüir, s'ébattre,
Et du bon tems se donner comme quatre.
De sa guéritte, on verra maint caffart
Tendre ses lacs au sexe trop simplart,
Et dextrement par oraison dorée
Le pervertir sans craindre la bourée :
Puis pour complaire au beni senedrin,
Le Peuple sot d'aller le même train :
Par quoi venant à mieux tourner la chance,
Nous percevrons notre ancienne pitance.
De ce beau tour, que dit Sa Majesté,
Ah ! par ma fourche il est bien inventé,
Dit le Monarque, à ce coup notre Empire,
Malgré Pâris, & ceux qu'il sçût séduire,
Va refleurir, pour prix de tes travaux,
Dès le moment, sois mon garde des Sceaux.

MANDEMENT

DU DIEU MOMUS

Au sujet des Miracles de Monsieur de Pâris.

DE par le Dieu Porte-Marotte,
Auteur de nos Divins projets ;
NOUS, General de la Calotte,
Défendons à tous nos Sujets
De plus se porter en tumulte
Vers le saint Marcel lez Paris,
Et de continuer leur culte
Au Tombeau de Monsieur Pâris.
Non qu'à la vérité qui brille
Comme l'Astre du Firmament,
Nous opposions le Mandement
De Guillaume de Vintimille :
Les dons du Ciel, les saints octrois
Sur le Tombeau si vénérable,
Y sont en vain traitez de fable.
Nous apprenons de mille endroits
Que par un pouvoir ineffable,
Les boiteux en reviennent droits
Qu'on y voit se mouvoir, s'étendre
Le Paralytique aux abois ;
Que le Sourd répond à la voix
Du Muet qui se fait entendre.
De tant de merveilles témoin,
Le Peuple qui perce trop loin,
Sous la Tombe est prêt à descendre ;
Et de ce Bienheureux proscrit,

Il oſe croire que la cendre
S'y mêle au Sang de Jeſus-Chriſt.
Mais ſur quoi que ce bruit ſe fonde,
Quelques faits que l'on puiſſe voir,
Ne ſouffrons point qu'aucun pouvoir
Change ainſi la face du Monde.
Laiſſons ce Monde tel qu'il eſt,
Que la ſageſſe en ſoit bannie;
Notre principal intérêt
Eſt d'en déranger l'harmonie.
Si ſur de ſimples vœux conçûs,
On obtient tout ce qu'on deſire,
Et ſi la foy prend le deſſus,
Que devient alors notre Empire?
Que dis-je dans un cas pareil,
L'inquiétude n'eſt plus vaine.
Que ſeroit-ce ſi le Conſeil
Y venoit faire une neuvaine?
S'il rendoit un culte ſacré
Aux lieux où tout le Peuple vole,
Et qu'il en revînt éclairé
Sur tant de devoir qu'il immole?
S'il ne croyoit plus que ces lieux
N'enferment qu'un vain ſimulacre,
Et que la main de ce ſaint Diacre
Otât l'écaille de ſes yeux?
Si la Cour, cette baſſe eſclave,
Qui rampe à replis tortueux,
Abjuroit Rome & ſon Conclave?
Si Dantin devenoit plus brave,
Et Chauvelin plus vertueux?
Si la Carignan interdite
Par quelque miracle nouveau,
Sentoit travailler ſon cerveau,
Et ceſſoit d'être une hypocrite?
Si la foy, la crédulité,
Rompoient ce mur d'iniquité,
Qui n'a que trop duré peut-être

Entre les Sujets & le Maître
Elevé par d'indignes mains ?
Et que le dernier des Romains,
Pucelle dans sa noble audace
Parmi les flots tumultueux
Des flateurs, des valets en place,
Parlant à LOUIS face à face,
Brisât son cœur né vertueux
Dans la honte qui le talonne ?
Si pleine d'un espoir plus cher
Que celui que la faveur donne,
La Carcasse de la Sorbonne
Reprenoit & muscles & chair,
Retrouvoit ses traits de lumiere,
Sa gloire, sa beauté premiere,
Dans les visites du saint lieu,
Et pour tout dire avec franchise,
Si les Oracles de l'Eglise,
Les Evêques croyoient un Dieu,
S'ils s'effrayoient moins du Martyre ;
Alors plus de traits de satyre,
Plus de brevets, même au sourire
Il faudroit dire un long adieu
Au libertinage, au martire,
Nul intervalle, nul milieu ;
Bientôt tomberoit le délire,
Source d'erreurs & d'attentats,
Par qui fleurissent nos Etats.
Craignons l'éclat de ces Miracles,
Qui sur la foy de tant d'Oracles
Nous prouvent trop les véritez
Qui n'annoncent qu'austeritez :
Non qu'à l'ame peu penetrée
De maux, d'accidens dangereux,
Nous prétendions fermer l'entrée
De la tombe du Bienheureux ;
Notre intention n'est pas telle ;
Et si de la foy dans Fleury

Il

Il reste encore quelque étincelle,
Que dans l'espoir d'être guéri
Il y porte son hydrocelle,
S'il veut en lesse, sur ses pas,
Même y mener la Cour entiere,
Bourbon ne refusera pas
De fermer cette marche altiere:
Il y peut recouvrer son œil
Par la ferveur de la Priere.
Mais si la vertu du cercueil
Tout entier l'ouvre à la lumiere,
Que ce ne soit pas à demi,
Qu'il observe son ennemi:
Que par lui, dans sa juste haine
Le Parlement soit secondé,
Et s'il se peut qu'il n'en revienne
Qu'avec l'ame du grand Condé.

AINSI vû le Requisitoire
Mis sous nos yeux tout fraîchement,
Par les Suppôts du Régiment
Intéressez à notre gloire,
VOULONS que notre Mandement
Ainsi qu'au Temple de Mémoire,
Dans le Temple du Dieu Momus,
Soit mis au rang des *Oremus*.

FAIT le jour même où dans les transes
De tous les Ordres de l'Etat,
LOUIS, de son premier Sénat
A rejetté les Remontrances,
Où trop abusé sur ses droits
Par surprise, ou sourdes mesures,
Avec des intentions pures,
Il renverse toutes les Loix.

NE gardant du passé qu'un leger souvenir,
Ebloüi du present sans percer l'avenir,
Au grand art de régner décrépit & novice,
Punissant la vertu, récompensant le vice,
Malgré sa tête altiere accablé de son rang,
Fourbe dans le petit, & dupe dans le grand,
On connoît à ses traits, sans même qu'on le nomme,
Le Maître de la France, & le valet de Rome.

Etat de la France en 1731.

L'Espagnol trompé nous maudit,
L'Anglois rusé se dédit,
L'Empereur par-tout envahit,
Le Pape en furieux interdit,
L'Archevêque a bon appetit;
Daguesseau pour & contre écrit;
Chauvelin a tout le crédit,
L'inutile Orry déperit;
Le Magistrat tonne & foiblit,
Le Guerrier fainéant vieillit;
Le seul Financier s'enrichit,
Le Peuple languissant gémit;
Le Royaume accablé périt,
Le benin Cardinal sourit,

GATHÉCHISME EN VERS SELON LA MORALE PRATIQUE DES JESUITES,

Avec une Ode & deux Prophéties où l'on peut voir les sources du Molinisme, & la chûte prochaine de ses puissans protecteurs.

AVIS.

QUand cet Ouvrage m'est tombé par hazard entre les mains, il étoit augmenté d'une Préface très-curieuse, mais que j'ai crû devoir supprimer pour des circonstances qui ne subsistent plus ; les Vers suivans y étoient merveilleusement bien inséres ; & s'ils paroissent ici comme hors de place, qu'on ne l'impute qu'à moi qui n'ai pas voulu priver le Public de voir en si peu de mots le motif des poursuites Jesuitiques contre tout ce qu'il y a de plus saint & de plus sçavant dans tout le Royaume de France.

Juste reproche fait à la Société.

Par quel ordre faut-il qu'aux deux bouts de la terre
Vous cherchiez la vertu pour lui faire la guerre ?
Le mérite à vos yeux ne peut-il éclater
Sans pousser votre orgueil à le persecuter ?

Alex. de Racine Tragedie.

RIMES

Pour servir de Preface.

1. En Escobar terre fertile,
2. En Augustin toûjours stérile,
3. Troupe écoliere de Virgile,
4. A tout erreur toûjours docile,
5. Pour peu qu'elle paroisse utile,
6. Et qui la répand comme une huile
7. Pour graisser le saint Evangile.
8. Chef doré sur un corps habile,
9. Membres d'enfer aux pieds d'argile,
10. Colosse aux dents de Crocodile,
11. Que la populace imbécile
12. Redoute comme un autre Achile,
13. Et qui craint cependant mon stile;

---

1. Les Jesuites ont presque tous les mêmes maximes.

2. La grace de S. Augustin est hérésie chez eux.

3. Leur morale est pire que celle des Payens.

4. & 5. Ils sont tout à tout quand ils trouvent leur compte.

6. & 7. Ils prétendent que les péchez s'expient aujourd'hui sans aucune peine.

8. & 9. L'orgueil & les richesses font comparer la Société à la statuë que Nabuchodonosor vit en songe; & les exils ausquels cette Compagnie est accoûtumée, montre qu'elle ne subsistera pas longtems.

10. 11. & 12. Que de victimes ont été immolées, & le sont toûjours à la rage de ce Corps!

13. Assûrément on me croira, puisque je

[14. Bête auſſi nombreuſe que vile,
15. Dragon extrêmement agile,
16. Tantôt volant, tantôt reptile,
17. Dont le venin plus noir que bile,
18. Infecte la Cour & la Ville.
19. A tout bien engeance inutile,
20. Patronne du ſexe fragile,
21. Des pécheurs avocate habile,
22. A tous méchans douce & facile,
23. Contre les bons toûjours ſubtile,
24. Dont le royal couteau s'afile
25. Pour couper quand la Parque file,
26. A qui tout moyen eſt facile

---

prouve tout, ou que je n'avance rien qui ne ſoit public.

14. Les Jeſuites ſont répandus partout, auſſi tout eſt corrompu.

15. & 16. Ils ſont infatiguables pour leurs intérêts. Que de ſoumiſſions pour gagner les Grands! Que de hauteur pour intimider leurs ennemis cachez! Que de cruauté pour détruire ceux qui ſe le déclarent!

17. & 18. Qui ne ſont pas les mauvais effets de la morale & de la politique des Jeſuites.

19. 20. & 21. Ils favoriſent tous ces crimes juſqu'à dire que Suzanne ſe pouvoit abandonner ſans pécher, au moyen d'une reſtriction mentale.

22. Jurer, mentir, tuer, violer, idolâtrer, ce n'eſt pas un grand mal ſelon eux.

23. Que de crimes ſur la Doctrine & les mœurs, les Jeſuites n'ont-ils pas fauſſement impoſé à ce qu'il y a jamais eu de plus ſaint & de plus lumineux dans l'Egliſe?

24. & 25. C'eſt une maxime des Jeſuites qu'on peut tuer les Rois qui vexent le peuple.

27. Pour rejetter l'Eglise tranquise
28. Parmi les écueils de Sicile,
29. De Reine la voilà servile,
30. Si l'on ne t'écrase, ou t'exile.

---

26. 27. & 28. Il faut périr par les mains de la Société, ou abandonner la vérité.

29. & 30. Il ne tient pas à la Société que l'Eglise ne perde le titre d'Epouse de Jesus-Christ, pour être appellée desormais la servante des Molinistes, c'est-à-dire en bon François, l'esclave de toutes les erreurs.

METHODE

Pour devenir en peu de tems bon Jesuite.

Le Jesuite à gros bonnet à son Eleve.

INSTRUCTION.

LA compagnie éleveras
Jusqu'aux cieux impudemment. *a*
De foy les Dogmes tu feras,
Et prêcheras à tout moment : *b*
Par son canal tu te rendras

---

a Un seul de la societé terrasse quelquefois plus d'ennemis qu'une armée entiere ; image du premier siecle. *Proleg. horosc. Soc. p.* 410.

b Selon les Jesuites ne pas croire la Grace de Molina, c'est être heretique.

Du ſaint Eſprit le truchement. *c*
Aux Saints Peres préfereras
La force du raiſonement. *d*
Sans ſcrupule tu parleras
Contre les Sages fortement. *e*
Et pour Janſeniſtes prendras
Tout homme qui vit ſaintement.
Sa Doctrine condamneras
Dans l'un & l'autre Teſtament.
Chicanne en tout lui chercheras;
Et s'il te ſemble trop ſçavant,
Un tel homme tu haïras
Et ſa Doctrine également.
Par-tout tu le décrieras
Par écrit & verbalement;
Et bravé tu le pourſuivras
Juſqu'à mort incluſivement. *f*
Nulle violence épargneras
Pour dominer abſolument:
En Moliniſte ainſi perdras
Qui nous fait tête éfrontément. *g*
Quand envahir tu ſouhaiteras
Quelque commode logement
Le Janſeniſme imputeras, *h*

---

c Dans la Société, on ne lit la Sainte Ecriture qu'avec les Commentaires des Auteurs Jeſuites.

d Le ſyſtême de la Grace n'a été inventé que pour faire tomber celui de ſaint Auguſtin.

e L'expérience ne le prouve que trop avec ce qui ſuit.

f Le Cardinal de Tournon.

g Deſtruction du Port Royal, & de l'Abbaïe de ſaint Cyran.

h Les Jeſuites firent paſſer pour Janſeniſme

C'est un moïen très-pertinent :
L'Eglise en trouble tu mettras
Sans crainte, ni retardement.
Dès-lors que pour nous tu verras
Du profit dans ce moment, *i*
Auprès des Grands t'intrigueras *k*
Par ce motif précisément.
Dans les familles entreras
Pour médire secretement. *l*
Aux Missions t'adonneras
Par cupidité simplement.
Dans la Chine tu brûleras
A Confucius de l'Encens :
Et par-tout te conformeras
Au culte, goût, mode des gens.
Tous les crimes excuseras
Que l'on commet en ignorant, *m*
Puisque Dieu l'on n'offense pas
Sans y penser distinctement.
De la Grace te moqueras *n*
En étant maître absolument.
Pape infaillible tu diras,

Monsieur de Blondonville pour attraper sa maison.

i A quels autres qu'aux Jesuites peut-on imputer les malheurs que l'Eglise souffre depuis plus de 70 ans ?

k Quelle fureur pour obtenir le Confessional des grands Seigneurs & des Rois ?

l Le public sçait si en cela j'en impose aux Jesuites.

m Sanchez, œuvres morales, t. 1. ch. 16. n. 21. p. 27.

n Les Jesuites prétendent que la Grace est duë à tous & en tout tems, & qu'elle nous est soumise.

Mais ne le croiras nullement. *o*
Son pouvoir peu tu redouteras
De nos dogmes s'il n'eſt content. *p*
Ainſi de lui te joüeras
Dans un fâcheux évenement.
Et par-là ſes decrets rendras
Abuſifs immanquablement :
Les paſſions tu flateras, *q*
Pour devenir ſeul confident :
Vertus chrétiennes proſcriras ;
Du ſeul dehors te contentant. *r*
La Pénitence aboliras,
Cet exercice eſt trop gênant.
Quand un cœur attrit tu verras,
Croit qu'il eſt contrit pleinement.
Et dans aucun n'exigeras *s*
Un amour même commençant.

---

o Le Pape donnant une Bulle contre les Jeſuites n'eſt pas infaillible ; mais ſeulement quand il la donne en leur faveur. Qui ne ſçait, par exemple, que Clement VIII. & Paul V. voulant donner une déciſion contre la Doctrine de Molina, le Général Claude Aquaviva leur fit craindre le ſoulevement de pluſieurs milliers de Jeſuites ?

p Conduite qu'ils y ont tenu envers le Pape ſur la condamnation des Rits Chinois.

q Liſez le P. Em. San. touchant le jeûne, nom. 9. pag. 338.

r Pour obeir aux préceptes de l'Egliſe, la dévotion extérieure ſuffit : Conin. 3. part. queſt. 83. art. 6. n. 301.

s Dicaſtille dit après Suarez, que la pénitence ne laiſſe pas d'être telle, que le Sacrement la requiert, bien qu'elle ne ſoit impoſée que par maniere de conſeil, tract. 8. de la pénitence, nom. 78. & Filutius permet de

Car l'effroi des hommes ingrats
A l'amour est équivalent :
Faisant ainsi, pratiqueras
Comme il faut les Commandemens.
Nos Autheurs étudieras,
Je te le cite expressément.

PRATIQUES JESUITQIUES sur le Decalogue.

1 UN seul Dieu tu adoreras;
Et aimeras parfaitement.

C'est à dire tu adoreras
Du bout des levres seulement;
Car en Chrétien le prieras,
Sans y penser absolument.
Gobat, *u* & Bauni, *x* tu liras
Pour m'en croire plus aisément :
Ton Dieu plus que tout aimeras,
Prend garde à ce Commandement.
Avec Sirmon ne l'entendras
Comme on fait litteralement :
Car selon lui ne haïr pas,
C'est aimer très-suffisamment :
De cela tu te souviendras,
Ce dogme importe extrêmement,
Pour le tirer de l'embarras

---

renvoïer en Purgatoire, tom. 1. des quest. moral. tract. 6. chap. 9. n. 213. page 159.

t La douleur naturelle suffit pour une bonne confession. Tilut. tom. 1. 7. art. 6. traité 153. & 154.

u Gobat. tom. 1. tit. 5. nom. 842.

x Bauni en sa somme, chap. 23. p. 355. de la sixiéme édition.

D'aimer ton Dieu chrétiennement,
Ce joug trop dur ſecouëras *y*
Parce que le Sauveur mourant
En diſpenſa les Scélerats :
Et toi, mon fils, par conſequent,
Les ſeuls Juifs ainſi laiſſeras
Aimer comme les vrais enfans.
Et Dieu content de toi croiras
Aïant la crainte des méchans.

2 Dieu en vain tu ne jureras,
Ni autre choſe pareillement.

Mais blaſphêmes vomir pourras, *z*
De notre Langue l'ornement.
Pere Baune conſulteras,
Et Sanchez principalement : *a*
Juremens même éviteras
En ſuprimant J finement :
Car pour *juro uro* diras, *b*
Le ſecret eſt aſſez plaiſant.

3 Le Dimanche tu garderas *c*
En ſervant Dieu dévotement.

Se raporte à Meſſe ouïras
Dans les jours de commandement.

---

y Cela eſt encore tiré du P. Sirmond au même endroit.

z Bonacina cité par Bauni en ſa Som. c. 6. p. 66.

a Sanchez liv. 3. chap. 2. n. 23.

b Sanchez au même endroit, nom. 15. 19. & 26.

c Les actions les plus criminelles n'empêchent pas l'obſervation du ſaint Dimanche. Titul. t. 2. tit. 28. n. 141.

4 Pere

4 Pere & mere honoreras,
Afin que tu vive longuement.

Leur mort pourtant défireras
Pour avoir leur bien promtement.
Et toi-même les tueras, *d*
Si tu crains d'eux ce traitement:
Cette Leçon tu tireras
De Leffius homme fçavant.

5 Homicide point ne feras
De fait, ni volontairement.

Pour celui-ci nos Molinas *e*
Le démentent formellement:
Ainfi l'Evangile fçauras
Faillir ici l'égérement:
Un homme tu défieras,
Pour une Pomme feulement;
Quand l'honneur fauver ne pouras
Qu'en le tuant cruellement.
Jufqu'aux Rois .... même étendras *f*
Cette Doctrine impunément.

6 Luxurieux point ne feras
De corps ni de confentement.

---

d Leffius du droit & de la juftice, liv. chap. 9. doute 8.

e Si l'on ne peut fauver fon honneur qu'en tuant, cela eft permis. Filut. t. 2. n. 29. chap. 8. n. 147. & Leffius avoüe que c'eft la Doctrine de tous les Jefuites, liv. 2. chap. 9. n. 76.

f Mariana dans fon livre brûlé par la main du Boureau le 8. Juin 1710. liv. 1. ch. 6.

La négative tient Dugras
Aussi comme un Sanchez prudent.
Desirs impurs ne formeras
Que conditionnellement. *g*
Avec ce mot souhaiter pourras
Des vrais maris le doux moment.
Du reste tu leur permettras
Tous regards, tous attouchemens :
Aucun vieillard ne souffriras
Convoiter impudiquement :
Mais au sexe conseilleras
De se livrer sans compliment. *h*
Suzane fit trop de fracas,
Son heroïsme est imprudent.

7 Le bien d'autrui tu ne prendras,
Ni retiendras : voici comment.

Cet ordre dur adouciras
Par un sage ménagement,
Quand chose à toi dûë croïras,
Prend-là par vol adroitement. *i*
Et du Juge tu te riras,
Niant le fait avec serment,

8 Faux témoignage ne diras,
Ni mentiras aucunement.

Sur ce precepte tu tiendras
Léquivoque fidellement.
Ainsi menteur point ne seras,

---

g Sanchez l. 1. de sa morale. c. 2. p. 9. col. 2. n. 34.

h Corneille de la Priere, sur le chap. 13. de Daniel, verset 22. & 23.

i Filutius tom. 2. tit. 31. chap. 10. du vol. n. 253. p. 444.

Ni faux témoin pareillement,
Le Pere Sanchez tu liras, *k*
Pour équivoquer lestement.

9 L'œuvre de chair ne desireras,
Qu'en mariage seulement.

Sur luxurieux point ne seras,
Je t'ai fait voir mon sentiment:
Ici pourtant tu connoîtras
Que tel desir n'est pas méchant: *l*
Et nul scrupule te feras,
De le reïtérer souvent.

10 Les biens d'autrui ne convoiteras
Pour les avoir injustement.

Il se trouve pourtant des cas
Où l'on le peut honnêtement.
Des Jansenistes médiras,
Pour les apauvrir saintement:
Et quand leur bien posséderas,
Crois qu'ils sont à toi justement. *m*
Tout Benefice envieras,

---

k Sanchez liv. 3. n. 15. 19. & 26.

l Comme il est permis de désirer le plaisir conjugal, pourvû que ce ne soit qu'en supposant qu'on est marié légitimement, aussi n'est-il pas défendu de se plaire dans la pensée qu'on l'est effectivement, bien que l'on soit Prêtre & Religieux. Filut. t. 2. quest. moral. trait. 21. chap. 8. n. 299. p. 35.

m Lisez le R. P. Hay, célebre Benedictin d'Allemagne, & Hidelphonse, St. Thomas, celebre Dominicain, mort en odeur de sainteté, dans son Evêché de Malaga en Espagne; son livre est intitulé le Théatre Jesuitique.

Et pourſuivras inceſſamment.
Puiſſances tu ménageras, *n*
Pour en avoir abondamment.
Ainſi tu nous enrichiras,
Et te rendras homme important.

LES COMMANDEMENS DE L'EGLISE.

Facilités par la Morale des Jeſuites.

1 LE Dimanche Meſſe oüiras,
Et Fêtes de commandement.

A ce Precepte obéïras,
En regardant laſcivement.
Dans Pere la Croix trouveras *(o)*
Ce Catholique document.
Un autre encor que tu ſuivras,
Qui n'eſt pas moins accommodant *p*
Deux moitié de Meſſes entendras,
Toutes les deux en même tems.
De deux une compoſeras,
Sans aucun inconvénient.

---

n Par quelle voie les Jeſuites, qui ſont les derniers venus dans l'Egliſe, ont-ils pû fonder tant des Maiſons aux dépens du tiers & du quart, ſinon par leurs intrigues, leurs chicanes & le deſir de s'agrandir à la façon des gens du monde: auſſi quel abus ne font-ils pas de leur fortune?

o La Croix dans ſon Commentaire ſur Baſemſa, tom. 2. l. 3. part. 1. nomb. 636. pag. 371.

p Bauni, traité 6. queſt. 9. pag. 312.

Où

2 Tous tes pechez confesseras,
A tout le moins une fois l'an.

Mais cet ordre rencontreras,
Dans Escobar différemment. *q*
Où le mot (tout) ne se prend pas,
Sinon matériellement.

3 Ton Créateur recevras,
Au moins à Pâques humblement.

A ceci tu satisferas,
En sacrilege communiant ;
De cela tu t'assûreras,
Sur Humbert & Precipian. *r*
Habitude ne quitteras,
En t'approchant du Sacrement. *s*
Absolution tu recevras,
Ayant le cœur encor fumant. *t*
Des passions que tu viendras
De contenter brutalement ;
Avec cela ne manqueras
De te confesser fréquemment ;
Même obligé point ne seras
Au plus leger amendement.

4 Les Fêtes tu sanctifieras,
Qui te sont de commandement.

---

q Escobar, tit. 7. Examen 4. n. 118. p. 818.

r Theses soûtenuës à Louvain, le 21. Avril 1648.

s Il faut absoudre une femme qui a chez elle un ami avec qui elle péche souvent : si elle a quelque raison de le retenir, ou si elle ne le peut congedier honnêtement. Bauni Theol. Mor. tr. 4. penit. quest. 14. p. 94.

t Abus en la somme, ch. 14. p. 717.

Mais l'Ecriture ne liras,
La Compagnie te le défends. *u*
Le tems néanmoins rempliras,
De prophanes amusemens. *x*
Les Fêtes même éluderas. *y*
Sortant des lieux expressément.

5 Quatre tems, Vigiles jeûneras,
Et le Carême entierement.

Mais néanmoins observeras,
Que s'il venoit par accident,
Que quelques hommes scelerats,
Se fussent lassez en péchant;
Alors ce precepte n'est pas *z*
Dans la rigueur pour telles gens.

6 Vendredi chair ne mangeras,
Ni le Samedi mêmement.

Mais quand d'hazard tu logeras
Chez infidele chair mangeant;
Alors ta foy simuleras,
D'un mal d'estomach te plaignant,
Et comme lui tu mangeras, *a*
Crainte de mauvais traitement.

---

u Abus que les Jesuites font de la 82e proposition condamnée.

x La Chasse & la Pêche ne me semblent pas deffenduës les jours de Fête, quand on ne s'y exerce que pour se divertir. Filut. tr. 27. sur le 3. Commandement du Decalogue. ch. 10. n. 174.

y Filut. tr. 27. ch. 7. n. 110.

z Filut. tr. 27. ch. 6. n. 123. p. 189.

a Filut. tom. 2. tr. 22. ch. 3. n. 83.

LE MOLINISME DEVOILÉ.

ODE.

D'Où vient le feu qui m'anime
Au combat contre l'erreur?
Des douceurs du Molinisme
J'ay plus que jamais d'horreur.
Est-ce l'esprit de Satyre
Qui me met d'humeur d'écrire,
Sans entendre la raison?
Non: Mais la charité même, *b*
Qui ne peut voir ce qu'elle aime,
Se nourrit d'un vrai poison.

La Probabilité.

De ton Sein, doux Molinisme,
Sort le Dogme gracieux,
Par qui le Christianisme
N'a plus rien de rigoureux.
Tu te charges de nos dettes;
Tu réformes les Préceptes
Positifs & naturels;
En deux sens tu les partages,
Puis tu dis sur les sufrages,
S'ils sont vuides ou réels. *c*

---

b Dessein de l'Ode.

c Il est permis de suivre l'opinion la moins probable, quoiqu'elle soit la moins sûre. C'est l'opinion commune des nouveaux auteurs. Filut. quest. moral. tr. 21. ch. 4. n. 128. Ainsi les veritez sont réduites en opinions par les Jesüites; donc un seul, comme un Bauni, un Escobar, & autres de cette trempe, peut [illegible] rité de sa fausse opinion.

La Science moyenne.

Tels que les fils de la Terre, d
Qui triompherent des Dieux,
Fier, tu descens de leur Sphere
Chargé du Tresor des Cieux;
A present nos destinées,
Se trouvent abandonnées
Au libre arbitre de tous;
Dieu les voit pat conjecture,
Encore ta bonté pure, e
Lui laisse ce droit sur nous.

La Grace suffisante.

A combien d'autres mysteres
Sommes-nous initiez,
Depuis que par tes lumieres,
Les Cieux sont humiliez? f
Du Sauveur & de la Grace
Ton systême prend la place,
Sans eux se sauve qui veut.
Tu détruis dans l'Evangile,
La Loi sévere & sterile,
Qui nous dit *Sauve qui peut.* g

---

d Les Titans.

e En effet, le Molinisme pouvoit aussi-bien dépouiller Dieu du droit de prévoir notre sort, que de celui d'être auteur du sort des Elûs.

f La Grace est un miracle dont le Seigneur ne nous a révelé par Saint Paul, après J. C. que ce qu'il lui a plû. Quelle humiliation pour Dieu même: si Molina & ses Disciples ont découvert malgé Dieu, les desseins qu'il a renfermé dans ses trésors éternels.

g Ce qui est dit des moyens du Salut, se doit par consequent entendre de la fin

L'Equilibre.

Faiseur des plus grands Miracles,
Sans toi, l'Homme est toûjours fort,
Il peut, malgré tous obstacles,
Sûrement venir au port.
Il n'est Démon, ni Délices,
Il n'est Passions, ni Vices
Qui l'en puisse éloigner;
Car ta Grace qui l'escorte, *h*
Toûjours lui prête main forte,
Quand il daigne l'employer.

Le Péché Philosophique.

Par toi la crasse ignorante
De notre premier devoir,
Est de l'état d'innocence
Un très-fidele miroir.
Dans une chair miserable,
Ne craignant ni Dieu ni Diable,
Tout le mal qu'on fait n'est rien,
Parce que le franc arbitre, *i*
N'est pas coupable à bon titre,
S'il ne voit clair dans le bien.

---

h Les Jesuites enseignent si hautement cette folie, qu'il est inutile de citer leurs Auteurs.

i Amiens, tom. 3. dispute 17. sect. 9. n. 172. page 249.

LA MORALE DES JESUITES,

De la frequente Communion.

POur la celeste Patrie
Tes sentiers sont toûjours droits,
En vain Arnaud les décrie, *k*
N'y voyant jamais de Croix.
La Femme qui se déborde, *l*
L'Homme de sac & de corde, *m*
Par ton art sont bons Chrétiens,
Et sans cesse tu boulange *n*
L'adorable pain des Anges,
Pour les Hommes & les Chiens.

---

k L'unique raison qui a porté le fameux Docteur de Sorbonne, Arnaud du nom, à compiler tous les Casuites Jesuites, a été de prouver plus clair que le jour, que leur morale est toute corrompuë, puisqu'elle nous mene à Dieu par un chemin diamétralement opposé à celui que J. C. nous a frayé.

l La femme qui sçait les mauvais effets de ses parures, ne péche pourtant pas en se parant, & se montrant ainsi. Bauni en sa somme page 1094. elle peut même voler de l'argent à son mari pour joüer aux cartes. Escobar du larcin, premier traité, nomb. 13.

m Un homme vous a volé 6. Ducats, vous pouvez le tuer, bien qu'il s'enfuye. Molina, t. 4. tr. 3. dispute 16. doute 6.

n L'on peut communier d'abord après la Confession, bien qu'un peu auparavant on soit tombé dans un péché d'impureté. Filut. t. 1. de ses quest. moral. trait. 4. ch. 8. n. 224. page 94.

ABUS,

Que le Molinisme fait de la Bulle *Unigenitus*.

Tu nous fais par privilege,
Des loix de tes visions,
Et des erreurs de College,
Autant de Religions; *o*
Tu suprimes l'Ecriture,
Tu fais primer la nature
Sur les dons du Créateur;
Disons plus, tu veux que Rome
Te laisse adorer un homme,
De la Chine l'Imposteur. *p*

En quel sens l'Eglise est toute Moliniéne.

Du tems de l'Arianisme,
L'Univers fut tout surpris,
De se voir par un sophisme,
Dans cette heresie pris, *q*
Aujourd'huy, nul ne s'étonne,
Que le monde te couronne,

---

o Religion du Christianisme, Religion des Passions, Religion du Pyronisme, Religion du Paganisme, & pour tout dire en un mot, derision de la vraie Religion.

p Mépris que les Jesuites font de la Bulle qui condamne les rits qu'ils ont établis ou suivis dans la Chine; d'où il suit que ces Mrs. ne croient pas le Pape infaillible, quand il condame leurs impietés & leurs dereglemens.

q St. Jerôme, Dialogue contre les Lucifer.

Puisqu'aux crimes tu consens ; *r*
Et s'il est la vraïe Eglise,
Ouy, tu l'as toute soumise,
Mais c'est par la loy des sens.

Fruit du systême Molinien.

Rapellons ce beau systême,
Pour voir quel en est le fruit,
C'est que n'aimant que soy-même,
L'Homme vit sans Jesus-Christ.
Or, tels sont nos Molinistes,
Sans Foy, sans Loy, toûjours tristes,
Du bien que la Grace fait ;
Toûjours vifs à le poursuivre,
Chacun met à le détruire
Ses forces & tout ce qu'il sçait ;
Mais enfin, cette cabale
Perira par son scandale, *s*
Bon Lecteur, sois satisfait.

---

r Toute la morale des Jesuites n'est qu'une apologie des maximes du siécle.

s L'on pourroit croire que je fais ici le Prophete, non : je ne parle que d'après Sainte Hildegarde, si fameuse par ses écrits ; & voici ce qu'elle a dit de la Société, selon l'application du vénérable & Reverendissime Seigneur Dona Jerôme de Lanusa, de l'Ordre de Saint Dominique, premierement Evêque d'Albarasin, & ensuite de Balbastro, mort en odeur de sainteté.

Je ne raporterai que la fin de cette Prophétie qui est assez longue.

. . . .

Le

LE Peuple leur criera : Souvenez-vous que vous ne pratiquiez aucun bien, que vous faisiez les pauvres & que vous étiez riche ; les simples, & que vous étiez puissans ; que vous étiez des dévots flateurs, de saints hypocrites, des mandians superbes, des supplians éfrontez, des Docteurs légers & inconstans, d'humbles orgüeilleux, de pieux endurcis sur les nécessitez des autres ; de doux Calomniateurs, de pacifiques persécuteurs, des amateurs du monde, des ambitieux d'honneur, des vendeurs d'indulgences, des Confesseurs à gage, des gens qui disposent toutes choses a leur commodité ; qui aimoient leurs aises & la bonne chere, qui achettoient sans cesse des maisons, & qui travailloient toûjours à les élever : desorte que ne pouvant monter plus haut, vous étiez tombez comme Simon le Magicien, dont Dieu brisa les os, & qu'il frapa d'une plaïe mortelle à la priere des Apôtres.

C'est ainsi que votre Ordre sera détruit à cause de vos séductions & de votre malice ; allez Docteurs de péchez & de désordres, Peres de corruption, enfans de l'iniquité, nous ne voulons plus suivre votre conduite, ni écouter vos maximes.

Voici une autre Prophéte qui n'a pas besoin d'application, puisqu'elle nomme expressément les Jesuites ; elle est tirée des Annales d'Irlande par Jacques Varæus, & réimprimée à Dublin en 1705.

Il y a, dit Georges Brouve, Archevêque de Dublin, une nouvelle Fraternité qui s'appelle Jesuites ; ils séduiront les hommes ; ils vivent la plûpart comme des Scribes & des Pharisiens ; ils tâcheront d'abolir la verité, & en viendront presque à bout. Ces sortes de gens se tourneront en plusieurs formes : avec les Payens, ils seront Payens ; Athées avec les Athées ; Juifs avec les Juifs ; avec les Réformateurs, ils seront réformez, pour connoître vos intentions, vos desseins, vos cœurs, & vous engager à devenir enfin semblables à l'insensé qui dit dans son cœur : *il n'y a point de Dieu*. Ces gens seront répandus dans toute la terre ; ils seront admis dans les Conseils des Princes qui n'en seront pas plus sages ; ils les enchanteront jusques à la révélation de leurs cœurs & de leurs secrets les plus cachez, sans que les Princes s'en apperçoivent ; mais voici ce qui arrivera à cette Societé, pour avoir abandonné la Loi de Dieu & son Evangile, & pour leurs connivances aux pechez des Rois & des Peuples. Dieu à la fin, pour justifier sa Loy, retranchera cette Societé par les mains mêmes de ceux qui l'ont la plus soûtenuë, & se sont servi d'elle : desorte qu'à la fin, ils deviendront odieux à toutes les Nations : ils seront de pire condition que les Juifs ; ils n'auront pas de place fixe sur la terre ; & pour lors un Juif aura plus de faveur qu'un Jesuite.

Je finis par la fameuse conclusion de la Faculté de Paris, du premier Decembre 1554. dont voici les propres termes. *Cette Societé est dangereuse en ce qui regarde la foy ; uniquement pour la paix & le repos de l'Eglise*, elle tend *à renverser la Religion Monastique, & semble plûtôt née pour scandaliser les fideles, que pour les édifier.*

REMARQUE.

CEs grands personnages croyoient toutes ces choses quand ils ne faisoient que les prévoir ; seroit-il possible que nous refusassions d'y ajoûter foy, maintenant qu'elles nous crévent les yeux.

Très-Réverends Peres Jesuites,
Dont l'on chante par tout les vertus ; les mérites ,
Un de vos anciens autrefois fut pendu ,
Pour avoir trop de vertus.

Pere Girard pour avoir le cœur tendre
On le brûle aujourd'hui pour avoir de la cendre
Un de Pendu , un de brûlé ,
Lequel d'entre vous tous doit donc être broyé ,

Sans manquer au respect que l'on doit à l'Eglise,
Ce doit être à la Greve ou l'on vous canonise ;
On devroit souhaiter élevant vos vertus,
Que dans une forêt vous fussiez tous pendus.

Jean-Baptiste Girard ,
Abi pater ignis ardet ,
Allez-vous en mon Pere,
Car le feu brûle.

www.ingramcontent.com/pod-product-compliance
Ingram Content Group UK Ltd.
Pitfield, Milton Keynes, MK11 3LW, UK
UKHW020416230726
13925UKWH00004B/1469